LAS AVENTURAS DE MEGABÚ

MARGARITA DEL MAZO

VERÓNICA CABELLO

LAS AVENTURAS DE MEGABÚ

DINOSAURIOS CON MONSTRUO

MOLINO

Papel certificado por el Forest Stewardship Council®

FSC
www.fsc.org
MIXTO
Papel | Apoyando la silvicultura responsable
FSC® C117695

Penguin
Random House
Grupo Editorial

Primera edición: septiembre de 2025

Diseño del interior: Penguin Random House Grupo Editorial / Paola Timonet

Printed in Spain – Impreso en España

ISBN: 978-84-272-5165-6
Depósito legal: B-12.064-2025

Compuesto en Compaginem Llibres, S. L.
Impreso en Gráficas 94, S. L.
Sant Quirze del Vallès (Barcelona)

MO 51656

A Uli, el aventurero más
intrépido que conozco

MARGARITA DEL MAZO

A todos los que disfrutasteis
de Megabú 1 y 2

VERÓNICA CABELLO

LÍA

Ojalá viviese en la prehistoria. Sería una troglodita feliz.

LEO

Siempre me han interesado los dinosaurios. ¡La visita al museo va a ser lo mejor!

MEGABÚ

¡Yupiii! ¡Vamos al Museo de los Dinosaurios! ¿Podré comerme un diplodocus?

LU PEDORRETA

Soy Lu Pedorreta, guía del Museo de los Dinosaurios. ¡Me encanta mi trabajo! Si no cumples las reglas... ¡prepárate a temblar!

1

LOS INVENTOS DE MEGABÚ

Lía y yo estamos **muy contentos** de que Megabú esté con nosotros.

Aunque el otro día no encontraba ni un solo calcetín. Me tuve que poner unos de mi hermanita. Claro que no tardé en encontrar al **culpable**.

Papá y mamá también están contentos de tener a Megabú. Ahora nuestras habitaciones están muuucho más **ordenadas**.

Solo hay que vigilar a ese monstruito cuando tiene hambre, que es casi siempre, porque por lo demás...

Megabú es **superlisto**. Nos ayuda con los **inventos** que tenemos entre manos. Por ejemplo, este:

PROYECTO 1: NAVE ESPACIAL

- 1 bañera vieja
- 3 cacerolas
- 2 tapaderas
- 1 secador de pelo

Él y yo construimos la nave. Lía se encarga de la decoración, pintar es lo suyo. El lanzamiento lo hacemos en el jardín.

Comienza la cuenta atrás.

—3, 2, 1, 0... ¡VamoooSSS!

La verdad es que no llegamos muy lejos, pero ha sido divertido.

O este otro:

PROYECTO 2: POCIÓN REVITALIZANTE

- 1 bote de espinacas
- 3 cucharadas soperas de batido de chocolate
- 1 pedacito de bizcocho de chocolate de mamá
- canela al gusto → **A más canela, más revitaliza**

Mezclar todo en una botella.
Agitar bien antes de usar.

Mi hermanita entra en la cocina.

—¡Traigo un herido! —anuncia abriendo la mano.

¡Puaj! **¡Una cucaracha!** Casi vomito.

—**¡Qué asco**, Lía!

—Yo comer «asco».

—¡Nooo! —gritamos los dos—. **Esto no se come. Vamos a darle la pócima, a ver si la revitalizamos.**

Con dos gotas ha sido más que suficiente.

Ese insecto ahora corre a velocidad supersónica. Lo celebramos los tres.

Mamá entra al oír el griterío. Por la cara que pone, vemos que nuestro éxito no le hace **ninguna gracia**.

Lía guarda la poción en su mochila antes de que mamá la vea. Los tres salimos de allí más acelerados que una estampida de bisontes.

La verdad es que es superguay tener a **un cerebrito** así en la familia. Aunque no podamos perderlo de vista ni un momento.

2

UNA CLASE DE PREHISTORIA

Hoy Lía se queda en casa. Papá dice que tiene mucha tos. Para mí lo que tiene es **mucho morro.**

Cuando tosemos, mamá nos prepara un jarabe con azúcar tostado que está riquísimo.

Megabú se mete con Lía en la cama para que mamá también le dé jarabe a él.

Yo he tosido todo lo que he podido, pero **no ha colado**. Papá me cuelga igualmente la mochila en la espalda.

Voy al cole a regañadientes, pero nada más entrar en el aula... **¡YUPIII!**

¡La profe Pilar nos va a hablar de **la prehistoria**!

—Empezó cuando aparecieron los seres humanos. Y acabó cuando se inventó la escritura —nos cuenta.

Pilar lo sabe **todo sobre todo**.

La prehistoria tenía cosas buenas y cosas malas.

—Entonces no había tiendas ni existía **internet**. La gente no podía comprar cuadros para decorar su cueva. **Por eso dibujaban directamente en las paredes.** Esos dibujos se llaman **pinturas rupestres.**

Toda la clase estaba de acuerdo en que **eso debía molar**. Y mucho.

Ojalá mis padres nos dejaran dibujar en las paredes de casa. La **troglodita** de mi hermana hubiese sido feliz en la prehistoria.

La profe continúa con su explicación:

—Se vestían con las pieles de los **animales que cazaban**.

Comparto con la clase una imagen que me viene a la cabeza:

Mi familia en aquella época.

Todos nos reímos. Pilar también.

—Debéis saber que se tenía que ir a todos lados caminando. Aún no se había inventado la rueda.

—Seguro que **corrían más que caminaban**, seño. Era una época llena de peligros. **Los dinosaurios dominaban el mundo.**

—No, Leo. Los dinosaurios desaparecieron antes de que llegase el hombre —me corrige—. **Decidme, ¿qué dinosaurios conocéis?**

Juan siempre levanta la mano el primero.

—Dime, Juan.

—Los hay **de plástico duro y de plástico blando**, seño.

La profe se lleva las manos a la cabeza.

—Ay, Juan. Algún otro dinosaurio conocerás.

—Bueno, también los hay **de madera** —dice convencido.

Pilar se tapa la cara con las manos. Creo que no quiere ni verlo.

—Ya sé lo que vamos a hacer —anuncia Pilar—. **La semana que viene nos iremos de excursión.**

¡VISITAREMOS EL MUSEO DE LOS DINOSAURIOS!

Todos nos hemos alborotado un poquito con la noticia.

Cuando la alegría se nos mete en el cuerpo, hacemos de todo para sacarla: aplaudimos, gritamos, saltamos...

Si pudiésemos, treparíamos por las paredes y por el techo como Spiderman.

¡Nuestra profe es la mejor del mundo mundial!

3

LA TROGLODITA EN ACCIÓN

Al llegar a casa, le hablo a Lía de las **pinturas rupestres**, las pieles, los dinosaurios y todas esas cosas.

Mi hermanita sale zumbando, coge algo del salón y **se encierra en su habitación.**

Megabú la sigue.

Me pregunto qué estarán tramando esos dos.

Cuando llega la hora, papá grita:

Pero Megabú y mi hermana no aparecen.

Eso es raro rarísimo.

Después de unos cuantos...

—¡Líaaa!

Y varios...

—¡Megabúúú!

Mamá abre la puerta de la habitación de la bicheja.

¡Oh! ¡Oh! Se avecina tormenta.

Mamá echa humo por las orejas, literalmente. No sé si tu madre es capaz de hacer eso, pero te aseguro que la mía sí.

—¡¡¡¿Qué es esto?!!! —grita desesperada.

—Es **arte rupestre**, mamá —contesta Lía muy orgullosa.

—Es **irte rapistre**, mamuchi —corrobora el loro de Megabú.

Pancha también ha colaborado a su manera.

Mamá les da un barreño con agua y trapos.

—Lo quiero todo impecable.

—**Pero, mami...** —protesta Lía.

—**Pero, mamu...** —la imita Megabú.

—Pero ¡YA! —se reafirma mamá.

—**¡A limpiarlo todo, trogloditas!** —me burlo.

Mamá no está para bromas:

—**Y tú, Leo, ¡a limpiar también!**

Lía y yo nos hacemos **la señal secreta**, o sea, nos sacamos la lengua. Megabú ya la ha aprendido y se suma. Nos reímos los tres.

—¡Guau! ¡Guau! —opina Pancha.

Pero mamá no está de humor.

—Y tú... ¡a callar y a limpiar! No quiero ni **una huella canina**.

Pancha agacha la cabeza y mete el rabo entre las patas.

—**Pero, mamááá...** —protesto.

—**Piri, mimííí...** —se burla Lía.

—**Puru, mumúúú...** —se suma Megabú.

Ufff... En este momento, si pudiera, metería a mi hermana en una caja y la mandaría al polo sur con los pingüinos.

Aunque hay que reconocer que Lía es **una gran artista**.

En la pared hay tres mamuts, dos velocirraptores, un diente de sable, dos diplodocus y...

Un momento, ¡a mí también me ha dibujado! ¡¡¡Y con cuerpo de T-Rex!!!

—**Mamááá...** —me quejo.

—**Mimííí...**

—**Mumúúú...**

Mamá pasa de nosotros y no vuelve a aparecer.

4

LA VISITA AL MUSEO CON LU PEDORRETA

Por fin llega el día de la excursión. La clase de Lía también viene.

Papá prepara bocadillos y zumos.

Lía los mete en la mochila junto con su dinosaurio favorito.

Megabú no puede venir. Y está **muy enfadado**.

—Visitar un museo es una cosa seria —le explico—. Hay **reglas** que se han de respetar:

—Megabú no tocar nada.

No podemos arriesgarnos...

—**Megabú querer abrazo de despidida.**

Nos lo pide con cara de corderito y no podemos negarnos.

—Megabú buuu... estar buuu... triste. **BUUUUUU.**
—Nooo... ¡Ya está aquí **la inundación**!

—Podemos llevarlo en la mochila —sugiere Lía—. ¿Nos prometes que te portarás bien?

—Megabú lo promite.

—OK. Pues te vienes —decimos los dos.

En algún lío nos mete, seguro.

Yo llevo a Megabú.

Y Lía lleva los bocadillos. Megabú y la comida **no pueden ir** en la misma mochila.

En el museo nos recibe una señora muy simpática.

—Bienvenidos. Me llamo Lu, pero **todos me conocen como Lu Pedorreta**.

Nos reímos. Pero ella continúa como si nada.

—Si me seguís, viajaremos a **la prehistoria**. Nadie sabe más de dinosaurios que yo. Llevo cuidando de este museo toda la vida. **¿Empezamos ese viaje en el tiempo?**

—**¡¡¡SÍÍÍ!!!**

—Antes tenemos que hacer una promesa —nos anuncia Lu—. Levantad la mano y repetid conmigo: Prometo cumplir las tres normas del museo: **no gritar, no correr y no tocar lo que está expuesto.**

Todos lo prometemos con la mano en alto.

—**El que rompa alguna de estas reglas recibirá una gran pedorreta. ¿Entendido?**

A todos nos parece bien. Estamos deseando empezar la aventura con Lu.

Y ahora ya sabemos el porqué de su apellido.

5

LOS NERVIOS DE MEGABÚ

Megabú está tan emocionado que no para de moverse.

Nada más ver el primer dinosaurio, sale un grito de mi mochila:

Todos se vuelven hacia mí y me señalan.

—¡Perdón! —digo con una sonrisa tan grande que se me sale de la cara.

—**No se puede gritar, caballerete** —me recuerda la señorita Pedorreta.

—Es la emoción —me disculpo.

Lía se ríe bajito, pero a mí no me hace **ni pizca de gracia**.

—Shhh... Megabú, no grites. Eres un escandaloso —le riño.

—Megabú no ser escondeosos.

¡Bah! Mejor me callo. Pero esto pinta mal.

Cuando Lu nos presenta al gran diplodocus...

—**¡BUUU!**

Otra vez vuelvo a ser el centro de atención.

—Leo, por favor —me riñe enfadada Pilar.

—Perdón, profe. No volverá a pasar.

—**Te estás ganando una pedorreta, hermanito** —dice Lía con cara pícara.

Ahora todos se ríen.

Megabú asoma la cabeza:

—**¿Pedorrita ser comida?**

—**¡NOOO!** —grito a pleno pulmón.

Ya me la he ganado.

Lu Pedorreta se gira hacia mí:

—¡Preparados! ¡Listos! ¡Ya!

—¡PPPPPPPRRRRRRRRRRRRRRRRR!

¡Qué vergüenza! Y todo por culpa de Megabú.

Pero la cosa no acaba aquí, sino que va a peor.

En la sala de los mamuts...

—**Megabú tener pis.**

—Aguanta un poco —le pido.

—Megabú tener miiicho pis.

—Valeee. Vamos.

—Ya no.

—¿Ya no **tienes pis**?

—No.

—¡Genial!

¡Oh! ¡Oh! Noto algo mojado...

—Si los zumos los lleva Lía —digo.

—No ser zumo. Ser pis de Megabú.

—¡¡¡QUÉ ASCO!!!

Le pido permiso a la profe para ir al baño.
Arrastro a Lía conmigo.

—Tú has tenido la idea de traerlo, renacuaja. Así que **ahora cargas tú con él**.

6

¡A LA CARRERA! (SEGUNDA PEDORRETA)

En la mochila de Lía, Megabú no ha vuelto a gritar.

—**Parece que se ha tranquilizado** —comenta mi hermana.

De repente, me doy cuenta de algo.

—Ya sé por qué está tan callado —aseguro.

—**¡Nuestros bocadillos!** —exclamamos los dos.

Cuando Megabú asoma la cabeza, sabemos que definitivamente nos hemos quedado sin almuerzo.

Lo bueno: se acabaron los gritos.

Lo malo: aún queda algo ahí dentro que se puede comer.

Se lo come. Y eso sí es **un problemón**.

Un pequeño diplodocus salta de la mochila y echa a correr.

Hay que alcanzarlo de inmediato.

Voy tras él, pero **ese monstruito es muy rápido.**

Lo alcanzo cuando se está comiendo los bocadillos de los niños de otro cole.

Y ellos parecen tan contentos.

Pillo a Megabú antes de que se coma el último bocadillo y lo hago volver a mi mochila.

Cuando alcanzo a mi grupo...

—¡Preparados! ¡Listos! ¡Ya!

—¡PPPPPPRRRRRRRRRRRRRR!

Y ya van dos. ¡Jo!

7

¡EL HAMBRE INSACIABLE DE MEGABÚ! (TERCERA PEDORRETA)

Vuelvo a cargar yo con Megabú.

Me coloco la mochila delante. Así lo tendré bien controlado.

Lu nos lleva a la sala donde podemos ver dos T-Rex. Uno es un esqueleto y el otro una reproducción a tamaño natural. **¡ES gigante!**

Yo casi no puedo aguantarme la risa.

Y refiriéndose al otro T-Rex, añade:

—Y este estar enfudado. **Ser solito.** No tener amiguis.

—Se dice «enfadado» y «amigos» —le corrijo.

—Eso digo, enfudado y amiguis.

Lo dejo por imposible. Pero esto no tiene fin.

—Megabú tener jambre. ¿Poder comer dinosorios?

—**Ni se te ocurra.**

—¿Tú tener más bucodillos?

—No. Te los has comido todos.

—Pos dinosorios.

—¡Que no!

—**Un huesito por lo minos.**

—No y no.

Pero ha hecho lo de siempre: **no hacerme ni caso.**

Se lanza como un chiflado a por un hueso de la cola del esqueleto del T-Rex.

Se lo quito antes de que se lo meta en la boca.

Tengo el hueso en la mano cuando Lu me vuelve a pillar.

—Leo, no se toca lo que está expuesto —dice.

Y llega la tercera:

—**¡Preparados! ¡Listos! ¡Ya!**

—**¡PPPPPPRRRRRRRRRRRRRRR!**

8

PÁNICO EN EL MUSEO

Acabamos la visita al museo en la tienda de souvenirs. Lía se compra un diente de sable y yo, un mamut.

Mientras pagamos, **una zarpa sale de la mochila** y...

Lía y yo nos miramos. ¡¿Qué se habrá tragado esta vez?!

Espero **que no sea un dinosaurio**. Y si lo es, **que no sea muy grande**. Y si lo es, **que no sea muy peligroso**.

Oímos gritos y carreras detrás de nosotros.
La dependienta **desaparece** tras el mostrador.
El vigilante **se encierra** en el váter.

—Hermanita, tenemos **un problemón**.

Pequeños y mayores corren y gritan por todas partes.

El director del museo se esconde en la cueva de los trogloditas.

Lu y la profe Pilar intentan esconder allí a los niños, pero el director les grita.

—La policía está en camino. Acabarán con él —aseguran ellas.

¡Este tipo es una rata de alcantarilla!

¿Otra vez la policía? A Megabú no le va a gustar.

Todo esto es por nuestra culpa y **Lía y yo lo vamos a arreglar**.

Megabú, convertido en un velocirraptor, corre por los pasillos del museo como un loco hambriento.

Lo bueno: nosotros sabemos que no se va a comer a nadie.

Lo malo: los demás no lo saben.

Esto no puede acabar bien.

Los niños, asustados, entran en la sala del T-Rex.

Megabú los persigue. Quiere abrazarlos para que se les pase el susto.

Lía está que echa humo por las orejas, eso lo ha aprendido de mamá.

—**¡Para ya de una vez, Megabú!** —le grita mientras le lanza su mochila.

La mochila está abierta. Y la poción revitalizante que Lía se empeña en llevar siempre consigo sale volando.

Lo bueno: no le da a nadie en la cabeza.

Lo malo: entra directamente en la boca del T-Rex de tamaño natural, que eructa dejando un terrible olor a espinacas.

¡Un momento! Una réplica de dinosaurio no debería eructar, ¿a que no?

¡Horror! Ahora sí que estamos perdidos.

9

DUELO DE LOS DINOSAURIOS

El T-Rex se mueve. **¡Está vivo!**

Sus bramidos ponen los pelos de punta. Seguro que se oyen en la Conchinchina. Y eso está muuuy lejos.

Parece una película de terror.

En un lado de la sala está el T-Rex y en el otro extremo está Megabú, que, como buen velocirraptor, también brama.

Los dos dinosaurios enfrentados. **¿Van a luchar?**

No queremos que ese animal le haga daño a nuestro amigo.

—Megabú, huye, por favor, te va a destrozar.

Oímos la voz de Megabú en nuestras cabezas.

«Está solito. Es triste».

—¡Y un cuerno! —le grito—. Está enfadado. Y es una bestia.

«Yo poder con él», nos dice.

—Nooo. Él es más fuerte.

«Y yo ser más rápido».

Los dos dinosaurios bufan a la vez.

De repente, nuestro velocirraptor echa a correr.

El T-Rex lo persigue.

Pero un velocirraptor es, como su nombre indica, **veloz como un rayo**. Dan vueltas y más vueltas alrededor de la sala hasta que, agotados, se detienen uno frente al otro. Como al principio.

Esto acaba mal, seguro.

Megabú está en peligro. No sabemos qué hacer para ayudarlo.

Un momento, tengo una idea. Grito a pleno pulmón:

Una pedorreta gigante hace temblar las paredes del museo.

El T-Rex mira hacia donde estamos nosotros. Y Megabú se lanza sobre él.

¡Lo va a destrozar!

Y eso hace, porque le da un abrazo de los suyos: **infinito y muy fuerte**. Y deja inmóvil al gigante.

Los demás nos lanzamos sobre él y lo abrazamos también. Lu Pedorreta tampoco se lo quiere perder.

La cara del T-Rex ha cambiado. **Los abrazos son superpoderosos.**

El director ve que ha pasado el peligro y sale de su escondite.

—Tranquilo todo el mundo. **La situación está controlada**, ¿verdad, señorita Lu? —proclama con aires de importancia.

Lu lo mira y grita:
—**¡Preparados! ¡Listos! ¡Ya!**

—**¡PPPPPPRRRRRRRRRRRRRRR!**

¡Toma megapedorreta!
Te la has ganado, amigo.

Cuando llega la policía, todo está en calma.

¿Adivinas quién viene con ellos? **Nuestra perrita Pancha.**

Va derecha a darle su merecido al director.

¡Descubre todas las aventuras de Megabú!